ÉLOGE EN VERS

D'HUBERT GOFFIN·

Cet Ouvrage se vend ,

A PARIS,

Chez CUSSAC, Imprimeur-Libraire , Palais-Royal, Galerie
Vitrée, n°.231 , côté de la rue de Richelieu ;

DELAUNAY , libraire , Palais-Royal , Galerie de Bois ;

BRUNOT-LABBE, lib., quai des Augustins ;

LE NORMAND , Impr.-Lib. , rue de Seine.

Mad. ARLAUD. lib., rue St.-Honoré, n°. 323.

A LYON,

Chez YVERNAULT et CABIN , rue St.-Dominique ;

Et MERE , rue Marchande.

*On trouve aux adresses ci-dessus: les Poésies diverses, du
même Auteur. 2 vol. in-8°. Prix, 6 fr.*

ÉLOGE EN VERS

D'HUBERT GOFFIN.

Par M. DU ROUVE DE SAVI,

Des Académies de Marseille et de Montpellier, de la Société Académique des Sciences de Paris, de l'Académie Impériale de Turin, et autres Sociétés savantes.

> « Les actions généreuses sont trop rares aujourd'hui
> « pour ne pas les honorer sous quelqu'habit qu'on les
> « découvre ».
>
> *Châteaubriand.*

A PARIS,

DE L'IMPRIMERIE DE CUSSAC, RUE D'ORLÉANS.

1812.

A MONSIEUR
L'ABBÉ SICARD,

Instituteur des Sourds et Muets, Membre de l'Académie Française, etc., etc.

Monsieur ,

Aux sentimens d'estime et d'admiration que depuis long-temps je vous ai voués (1), se joint en ce moment ma plus vive reconnaissance. Je n'ignore pas, Monsieur, avec quel zèle obligeant, vous avez bien voulu prier l'Académie d'être indulgente en ma faveur, et d'admettre au Concours, après l'époque donnée (2), mon Éloge d'Hubert Goffin.

---

(1) On en trouve la preuve dans les Vers suivans, qui précèdent l'Éloge de Goffin.

(2) L'Auteur avait terminé son Poëme avant le 14 Juillet, terme de rigueur; et il l'avait déjà lu à M. l'abbé Sicard, et à deux autres Académiciens des plus distingués. Cependant, par un mal-entendu, et une indisposition subite de l'Auteur, son Ouvrage n'a été remis que le 17 au Secrétariat de l'Institut.

Mais mon Travail ne sera point perdu puisqu'en le publiant, vous permettez que je vous le dédie. Et, en effet, à qui est dû l'hommage d'un Tableau si touchant, d'un acte aussi généreux, si ce n'est au savant bienfaiteur de l'humanité, à celui dont la vie entière est un noble dévouement !

J'ai l'honneur d'être, Monsieur, avec une respectueuse et sincère amitié,

Votre très-humble
et affectionné serviteur,
Du Bourg de Savi.

Paris, le 2 Août 1812.

VERS

Adressés aux Sourds-Muets de Naissance, dans la séance publique de M. l'Abbé Sicard, le 10 de Juin 1811 ;

C'est du Phœnicien que nous vient l'art d'écrire,
  Et c'est un don très-précieux.
Mais votre instituteur qu'on chérit, qu'on admire,
  Possède un art plus merveilleux ;
Bien digne d'un grand siècle, et d'un illustre Empire !
  Grace aux leçons, aux soins ingénieux
De ce brave Mentor, savant laborieux ,
  Vous dictez, vous savez bien lire ,
Rendre votre pensée, et parler à nos yeux.
  Clerc et Massieu, (1) que leur génie inspire,
D'un juste étonnement nous frappent en ces lieux :
  Ce qu'on y voit ne saurait se décrire.
Etres intéressans ! vous savez nous instruire :
  Et tant de succès glorieux,
Nous prouvent que Sicard est un présent des cieux.

M. l'abbé Sicard m'ayant autorisé à faire à ses Elèves des

questions, dans une langue étrangère, je leur adressai les suivantes en Anglais et en Italien :

D.　Qu'est-ce que l'instruction ?

R. « C'est la manière de bâtir intérieurement l'esprit humain de connaissances, de sciences, de vérités qui lui servent de pierres et d'autres matériaux ; et de le cultiver pour l'élever ».　　　　　　　　　*(Massieu)*.

D.　Qu'est-ce que l'homme ?

R.　« C'est un être organisé, fait à l'image de Dieu, qu'il a distingué des animaux, en le douant d'un esprit pour ses conceptions, d'un cœur pour ses sentimens, d'un corps pour ses opérations »,　　　　(*Clerc*).

D.　Qu'est ce que Dieu ?

R. « La cause des causes, l'horloger, le machiniste de la nature et de l'univers, le soleil de l'éternité » !
　　　　　　　　　　　　　　　(*Massieu*).

ÉLOGE EN VERS

D'HUBERT GOFFIN.

Des Grecs et des Romains tous les traits magnanimes,
Sont immortalisés par des écrits sublimes.
Le Poëte se plaît, ami du merveilleux,
A consacrer sa lyre à des faits glorieux.
Et bien que mon talent n'égale point mon zèle,
Des Français généreux je dirai le modèle.
C'est le brave Goffin que je chante aujourd'hui ;
O muse ! inspire moi des vers dignes de lui.

Sur les rives de l'Ourthe, en un site fertile,
Beaujonc par ses mineurs fait un commerce utile.
Goffin est de ce nombre ; actif, laborieux,
Bon père, tendre époux ; il n'est ambitieux
Que de servir les siens, ses amis, sa patrie ;
Et de suivre ignoré le sentier de la vie.
C'est le rubis qui brille au fond de l'Océan.
C'est la fleur du désert, au zéphir inconstant
Prodiguant ses parfums et mourant inconnue.

Mais le moment approche, enfin l'heure est venue
Où Goffin va léguer à la postérité
L'exemple du courage et de l'humanité...
Par l'effet inprévu d'un pouvoir invincible,
Evénement affreux, catastrophe terrible !
Ce mortel étonnant va paraître au grand jour,
Et réunir sur lui nos vœux et notre amour.

La cloche retentit au fond de la houillière.
A ce signal Goffin regagne sa chaumière,
Pour faire avec son fils un modeste repas :
Et le froid rigoureux accélère leurs pas (1).
Mais bientôt accueillis par leur tendre famille,
Ils entourent ensemble un fagot qui pétille.
Et trois petits enfans , accourant empressés ,
Grimpent sur leurs genoux pour être caressés.

A peine ils sont assis à leur frugale table,
Qu'au loin se fait entendre une voix lamentable :
« O ciel ! tout est perdu ! nos amis malheureux
« Sont enterrés vivans dans des gouffres affreux.
« Venez brave Goffin, par votre expérience,
« Venez, il en est tems, hâter leur délivrance ».

____

(1) Ce terrible évènement , qui est devenu le sujet de plu-
sieurs pièces de théâtre , a eu lieu le 28 Février 1812.

A ce récit Goffin (l'éclair n'est pas plus prompt)
Se lève, et la paleur décolore son front.
Il a frémi du sort des nombreuses victimes,
Qu'il venait de quitter dans ces vastes abîmes.
Et soudain inspiré par son cœur généreux :
« Oui, je veux les sauver ou périr avec eux,
« C'est mon devoir j'y cours». Et son fils qu'il embrasse :
« Mon père! auprès de vous je viens prendre ma place.
« De sauver nos amis on nous donne l'espoir,
« Me voilà prêt : allons ! nous dînerons ce soir.

Tel qu'au sein d'une ville au pillage livrée,
On voit chaque famille éperdue éplorée,
Aux plus vives clameurs unir des noms bien doux
Et demander en vain un père, un tendre époux ;
Le peuple de Béaujonc accablé de tristesse,
Va, court, revient, s'écrie, et répéte sanscesse :
« Des secours !.. hâtons nous... hélas ! ils vont périr

Goffin les a rejoints. Goffin les fait agir.
Leur courage renaît et leur force première,
En revoyant près d'eux cet ange tutélaire
Qui travaille lui-même en guidant les travaux.
Mais tout-à-coup s'éteint le dernier des flambeaux,
De ces infortunés étoile consolante (1) ;

____

(1) Le trait historique est fidèlement conservé dans ce Poëme.

Et l'obscurité règne en ce lieu d'épouvante.

C'en est fait ! ô douleur ! ces cachots ténébreux

Paraissent sans retour s'être fermés sur eux.

Et privé d'alimens, de chaleur, de lumière,

Chacun pense toucher à son heure dernière.

Le désespoir alors s'empare de leur cœur ;

Ils osent murmurer contre leur bienfaiteur

Qui, toujours bon, tranquille en ce péril extrême

Leur promet un salut qu'il n'attend pas lui-même.

O quel sort déplorable infortuné Goffin !

L'espoir est dans ta bouche et la mort dans ton sein.

Tu ne crois plus revoir une épouse chérie,

Ni ces tendres enfans qui de ton industrie,

Du travail de tes mains attendent leur soutien.

Cependant au-dehors on ne néglige rien.

Tous les bras sont actifs, on redouble de zèle ;

Le Préfet (1) est partout, sa bonté paternelle

Encourage, console, annonce le succès.

Eh ! quel attrait puissant, quel mot pour des français!

Mais hélas ! le tems vole, et les jours se succèdent(2),

Chaque heure accroit les maux des heures qui précèdent.

____

(1) M. le Baron de Micoud.

(2) Ces malheureux houillieurs sont restés ensevelis 127 heures
dans le bure de Beaujonc.

« Goffin et ses amis respirent-ils encor ?

« Dans ce vaste sépulcre ont-ils trouvé la mort ?

« Ont-ils su, savent-ils du moins dans leur souffrance

« Avec quel tendre zèle, avec qu'elle constance,

« Chacun de nous s'occupe à préserver leurs jours ?

Telle est l'inquiétude, et tels sont les discours

Des nombreux habitans, à leur poste fidèles,

Malgré tant de fatigue et de peines cruelles.

Poursuivez vos travaux citoyens généreux !

Le ciel dans sa clémence exaucera vos vœux.

Les obstacles sont grands, votre tâche est pénible ;

Mais pour l'ame héroïque il n'est rien d'impossible

Elle espère toujours en un succès douteux.

Eh ! déjà quel bonheur, et quel présage heureux !

La sonde a pénétré dans cette voute immense ,

Où règne des tombeaux le lugubre silence.

Vos amis n'avaient plus qu'à subir le trépas ;

O providence ! ils vont se trouver dans vos bras !

Le paisible moment qui succède à l'orage,

Aux fleurs rend leur éclat, aux oiseaux leur ramage.

Ainsi ces malheureux, ensevelis vivans ,

Sentent se ranimer leurs cœurs reconnaissans

Sitôt qu'ils ont connu les voix qui les appèlent.

Hélas ! d'autres dangers alors se renouvellent :

On craint les prompts effets d'un vaste embrasement

Quand l'air s'introduira dans ce gouffre effrayant.

Et des ingénieurs (1) le zèle et la science

Contre un si grand malheur offrent peu d'espérance.

Mais le jour et la nuit sans cesse vigilans,

Ils répriment l'ardeur des femmes, des enfans

Qui voudraient, s'écartant de la route tracée,

Hâter par leur travaux, comme par la pensée,

Le moment souhaité d'embrasser leurs parens ;

Qu'ils exposent peut-être aux plus affeux tourmens.

Non loin, les magistrats, déployant la puissance,

Menacent de punir la désobéissance;

Et docile à leur voix le zèle impétueux

N'ose plus dépasser un ordre rigoureux ;

Et le plan bien conçu s'achève avec prudence.

Vers le point désigné (2) l'on creuse, l'on s'avance

La sagesse a prévu tous les événemens.

Les enfans d'Esculape ont offert leurs talens

Pour éclairer les soins, et fixer le régime

De ces spectres vivans au sortir de l'Abîme.

On prépare pour eux les plus doux alimens;

De légers cordiaux, de moëlleux vêtemens;

Une seconde fois il faut sauver leur vie !

---

(1) MM. Mathieu et Migueron.
(2) Vers le bure de Mamonster.

Ah! que de tant de pleurs la source soit tarie;
Grand Dieu! jette un regard sur ces infortunés
De périls imminens sans cesse environnés;
Sans le divin appui de la toute puissance,
Que peuvent les efforts de l'humaine science !
Mais tous ces malheureux sont français et chrétiens!
Résigné, chacun rompt ses terrestres liens
Quand Goffin à genoux les invite lui-même
A tourner leurs pensers vers le juge suprême,
Devant lequel peut-être ils vont être appelés!
Par cet acte pieux leurs cœurs sont consolés,
Et leurs bras sont rendus à leur vigueur première.
Ces paroles enfin sortent de la houillière:
« Courage ! nos amis secondent nos efforts.
« Bientôt nous quitterons le noir séjour des morts »!

Quel moment ! quel tableau qui n'a point de modèle!
Je ne rendrai jamais, interprète infidèle,
Tous les motifs d'espoir, de craintes, de douleurs,
Qui sur ce grand théâtre occupent tous les cœurs.
Sans doute on peut sentir ce qu'on ne peut décrire !

O fortuné signal! ô transports! ô délire !
Ils sont sauvés !... ces mots si long-tems attendus,
Sont répétés cent fois. Les parens éperdus,
Dans leur ravissement et leur vive allégresse,

Nomment, cherchent des yeux l'objet de leur tendresse.
Le retrouvent enfin, et dans leurs bras tremblans,
Pressent ces malheureux, cadâvres ambulans.

Goffin avec son fils de ces caveaux horribles,
S'exhument les derniers ! courageux et sensibles,
Ils ont guidé les pas de tous leurs compagnons.
Mais le ciel veut encor, hélas ! que nous pleurions
Cinq d'entr'eux, qui dabord, par leur imprévoyance,
Finirent en ces lieux leur pénible existence.
Accablés de chagrin, leurs veuves, leurs enfans,
Réclament la pitié des cœurs compâtissans....

Déjà du Souverain l'auguste bienfaisance,
Décerne à mon héros sa noble récompense.
Eh ! qui mieux que Goffin a jamais mérité
La palme de l'honneur et de l'humanité !
Son dévouement sublime aujourd'hui l'associe
Aux plus vaillans guerriers qu'honore la Patrie.

Oui, célèbre Goffin ! ton jeune et digne fils,
Ton cœur, ton nom chéri seront toujours bénis !
Et cet événement, dont je trace l'histoire,
D'un siècle glorieux rehausse encor la gloire !

FIN

9 782019 252311